I0788107

Este libro pertenece a

- -

La pequeña niña

De pies grandes

Para mi hermosa hija que me inspira y me invita todos los días a ser una mejor versión de mí misma. Te deseo una vida llena de amor y aventura, un mundo donde puedas correr libre y cantar fuerte.

Y en memoria de mi Mamá, que continúa guiando mis pasos desde el cielo.

Este mensaje es para vos, increíble Papá o Mamá, estás haciendo un gran trabajo. Gracias por leerle esta historia a tu "Tesoro".

ÉRASE

una vez

Es una mañana soleada
en la pequeña y colorida
isla en medio del
Océano Pacífico,

arribó una niña de ojos oscuros
y cabello rubio.

Ella aún no sabía que dejaría una huella en este mundo.

Su nombre es Nina.
A ella le encanta correr
durante el día y cantar
por las noches.

Nina es una niña muy lista

Ella empezó a caminar cuando tenía solo seis meses.

Hoy Nina tiene dos años y puede
correr tan rápido como una chita.

Nina

y sus primeros zapatos de fiesta

Cada año, Guardería Caramelito
celebra el fin de año
con una colorida fiesta.
Hay una sola regla y es usar
zapatos de fiesta.

Nina nunca había usado
zapatos. Nina disfrutaba
de caminar descalza.

Pero esta fiesta sería una
ocasión especial.

Nina prueba los zapatos
de su mamá.

Estaba muy feliz con la
idea de comprar
sus primeros zapatos
para la fiesta.

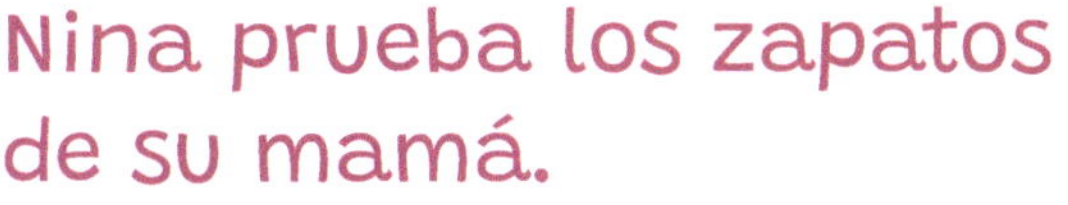

Nina junto a su amiga Lula van a buscar el mejor
par de zapatos al pueblo.

Lula y Nina buscaron en muchos
negocios, pero no encontraron ningún
par de zapatos, porque los
pies de Nina son especiales.
Las niñas estaban muy tristes.

La mamá de Lula vio las caras de tristeza
y pensó que podía ayudar. Pasó toda
la noche tejiendo y cortando cuero.

A la mañana siguiente invitó
a los niños a un delicioso desayuno
y les pidió que cerraran los ojos
y pidieran un deseo.

Todos desearon lo mismo:
un par de zapatos para Nina.
La mamá de Lula puso una caja
grande en frente de ellos.

Al abrir los ojos, los niños vieron la caja
y se preguntaron qué había dentro.
Nina abrió la caja y encontró una
nota que decía:
**"Nada es imposible si lo deseas desde
lo más profundo de tu corazón".**

La isla tiene diferentes formas para divertirse,
pero a Nina y sus compañeros les encanta jugar al fútbol.

En junio es el campeonato.
El nombre de su equipo es
"Salsa de Tomate".

Nina estuvo practicando mucho
todo el año porque para ella
es fácil correr rápido, pero es difícil
esperar la pelota.

Durante el partido final, todos estaban
muy cansados y Salsa de Tomate estaba perdiendo.

Nina abrazó a sus amigos
y les dijo:

"Podemos ganar,
Tito puede patear
como Messi, Mica
puede saltar muy alto
y yo puedo correr."

Todos regresaron al juego
con una gran sonrisa.
Nina tomó la pelota y salió corriendo desde el medio campo
en tan solo unos segundos le pasó la pelota a Tito.
Tito pateó la pelota hacia el ángulo derecho del arco
marcando un gol.
Salsa de Tomate ganó el partido.

El equipo Salsa de Tomate estaba muy feliz,
saltando y cantando. Aprendieron que lo más
importante es apoyarse
como compañeros.

2ND

UN GRAN DÍA

EN LA ESCUELA PRIMARIA

Era una mañana lluviosa en la isla, era el primer día de escuela primaria de Nina. Ella estaba muy emocionada y nerviosa esperando en su casa a su amigo.

Tito, que vive al lado de Nina, esa mañana llegó temprano y le mostró sus zapatos. Tito le preguntó a ella dónde estaban sus zapatos de colegio.

Nina frunció el ceño porque no quería ir a la escuela
con zapatos. A ella le encanta andar descalza.

La mamá de Nina le explicó que debía
usar uniforme y zapatos, y que todos lo harían,
porque era necesario y seguro.
Nina pudo entender las palabras de su mami.

Su mamá le dijo que
por favor mirase debajo
de su cama.

Nina abrió sus ojos oscuros y allí encontró
una caja con unos zapatos muy lindos.
A Nina le gustaba mucho el regalo de su mamá
Estos eran muy cómodos y hermosos.

Tito tomó la mano de Nina y juntos caminaron hacia la escuela.

Maths
Class book

SOBRE NOSOTRAS

Adri y Sofi nacieron en Argentina,
pero su deseo por emprender una aventura las llevó hasta Nueva Zelanda
donde luego de un tiempo decidieron asentarse.

Adri llegó a Aotearoa en el 2013 y Sofi en el 2016,
año en el que ambas se conocieron y comenzaron una amistad luego de
descubrir todo lo que tenían en común!
Su pasión por el arte, sus raíces latinas y su amor por
Nueza Zelanda las unió fuertemente.

Adri es una apasionada de la escritura y Sofi es
una apasionada de la ilustración. Ambas
siempre tuvieron el sueño de publicar un libro para niños, y como los
sueños están para ser cumplidos crearon Nina.

¡La Pequeña Niña de Pies Grandes es su primer proyecto juntas,
pero aseguran que no será el último!

Sofi
Adri
Nina

Si disfrutaste de
"La Pequeña Niña de Pies Grandes"
y te gustaría contactar a la autora o a la artista
puedes hacerlo aquí:

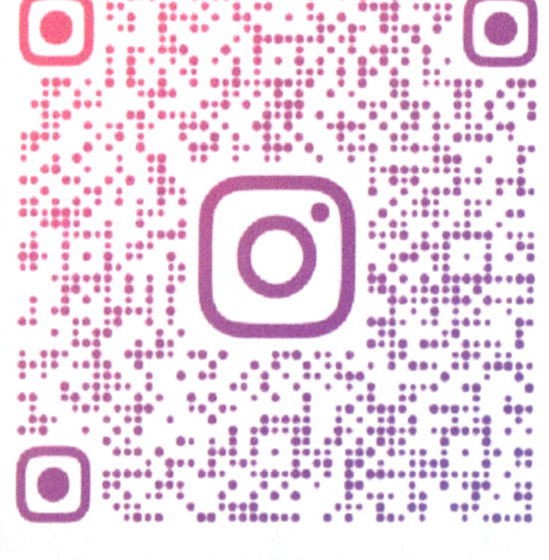

Adriana Litchfield
adriana.g.litchfield@gmail.com

Sofía Saccone
sofia.saccone@gmail.com